ÉLOGE

DE

BLAISE PASCAL.

DE L'IMPRIMERIE DE P. DIDOT L'AINÉ.

ÉLOGE

DE

BLAISE PASCAL.

PAR

ALEXIS DUMESNIL.

A PARIS,

CHEZ MARADAN, LIBRAIRE,

rue des Grands-Augustins, n° 9.

1813.

AVERTISSEMENT.

Que l'on considere combien sont peu longs les éloges de ces hommes dont toute la vie a été en action, combien encore il y auroit à retrancher d'ornements inutiles, souvent même disparates, et on se convaincra qu'il n'étoit guere possible de donner plus d'étendue à celui de Pascal. L'amplification est un moyen trop facile ; c'est la richesse du pauvre, la ressource du paresseux, et toujours le défaut de qui précipite son travail. Pascal s'excusoit de la longueur d'une lettre, sur ce qu'il n'avoit pas eu le loisir de la faire plus courte.

ÉLOGE

DE

BLAISE PASCAL.

Les chrétiens ne prononcent point sans quelque orgueil les noms fameux de tant de grands hommes, apôtres ou défenseurs de la doctrine qu'ils professent. L'humilité sainte et la folie de la croix se sont ennoblies aux yeux mêmes de l'impie, quand il a vu descendre dans l'arene et s'y couvrir d'une opprobre volontaire, toute la sagesse du siecle. Ainsi, d'âge en âge il s'est rencontré de ces esprits excellents, qui, cherchant leur nourriture parmi les herbes de l'Evangile, se sont rassasiés de la moelle des lions, et ont après eux laissé une renommée aussi glorieuse qu'imposante. Dans les derniers temps, sous ce regne mémorable, si fécond en talents et en vertus, un homme se fit particulierement remarquer, qui possédoit en lui tout ce que l'esprit a de plus brillant comme de plus solide ; cet homme s'appeloit *Blaise Pascal*. Et ce qui le place plus haut encore, qu'où même l'on ne semble pouvoir atteindre, c'est qu'il ouvrit pour ainsi dire ce siecle fameux dont il est en tout genre resté le modele inimitable. Il fut éloquent et sublime avant

Bossuet : le premier il aborda avec la pointe aiguisée de l'esprit ces matieres graves et importantes, étonnées elles-mêmes de se prêter à la raillerie piquante, au tour vif et léger; mais seul il a sondé toute la profondeur de la pensée! Et encore ne trouve-t-on que dans des ébauches éparses et négligées cette perfection si rare, fruit ordinaire de longs et pénibles travaux. De quel chef-d'œuvre, enfin, n'eût-il pas été capable, si, touchant aux bornes accoutumées de la vie, il lui avoit été permis seulement de rassembler les essais d'une jeunesse toujours débile et languissante!

Pascal eut au moins ce bonheur, de ne perdre point un seul des jours qui lui furent comptés. Prodige plus surprenant encore dans l'enfance, il se jouoit naturellement avec les merveilles de la science et de l'esprit humain. Ignorant jusqu'au nom même des hautes combinaisons qui lui étoient familieres, à douze ans il devina, ou plutôt il découvrit une grande partie des propositions d'Euclide, sans savoir s'il avoit existé seulement un homme appelé Euclide. Retiré à l'écart durant l'heure des récréations, un charbon à la main, il traçoit sur le carreau de son appartement des *ronds* et des *barres*, ainsi qu'il appeloit les cercles et les lignes, et résolut peut-être alors ce problême qu'Archimede méditoit si profondément, quand les soldats romains l'égorgerent sur la place publique de Syracuse, au milieu des triangles et des autres figures qu'il avoit tracées dans le sable. L'espace immense qu'ensuite franchit cet aigle dans son vol rapide est incroyable! A seize ans il avoit composé le célebre Traité des Sections coniques; à dix-neuf, il inventa la machine arithmétique qui porte son nom : puis au même moment, pour ainsi dire, engagé à la recherche de l'un des plus grands phénomenes qu'offre la nature, il combattit cette fausse opinion que partageoit Galilée lui-même sur l'horreur du vide; soumit l'air à ses calculs, détermina sa pesanteur, et le força d'entrer avec les autres éléments dans cette balance d'or que tient l'homme suspendue au milieu de la création. Mais, comme pour donner en même temps un gage de sa sollicitude à la classe malheureuse condamnée aux plus rudes travaux, dans le cours de ses hautes méditations il inventa cette machine d'un usage aujourd'hui si universel, dont la roue portant seule tout le poids du fardeau, cede à la main de l'ouvrier, qui peut avec la même facilité ou la faire tourner sur ses pas ou la diriger en avant. Ainsi, le dieu puissant de Moïse, après avoir éclairé la voûte des cieux, fit à l'homme ses premiers vêtements!

Et cependant, j'omets encore la découverte du triangle arithmétique et la solution non moins fameuse des problêmes de la cycloïde, que rien de ce qu'avoit jusqu'alors inventé Pascal ne peut égaler, et qui lui échapperent, comme malgré lui, dans ces longues insomnies, qu'entretenoient déja les plus violentes douleurs. Mais le tribut de notre admiration est aussi involontaire que les productions mêmes de Pascal! Et si quelque chose pouvoit y mettre des bornes, c'est que nous serions plutôt fatigués d'admirer, qu'il ne l'a été de produire (1). Rare et bel exemple de la hauteur du génie, jointe à toute l'humilité chrétienne! Vous allez le voir maintenant cet homme si habile selon le monde, renoncer aux sciences humaines et à tous ses titres de gloire, pour s'humilier devant son dieu; non qu'il jugeât que la physique ou la géométrie fussent incompatibles avec une piété sincere, mais parce qu'il trouvoit l'étude des saintes écritures et plus excellente et plus digne de nous-mêmes. La force du raisonnement et la justesse des démonstrations n'altérerent jamais cette foi vive et pure qu'il fit éclater dans toutes les grandes occasions de sa

---

(1) On fait allusion à cette belle pensée de Pascal : Elle (l'imagination) se lassera plutôt de concevoir, que la nature de fournir.

vie; et certes, il n'y auroit de danger pour qui que ce soit, si, d'abord apprenant à nous connoître, nous disions comme lui, *le cœur a ses raisons, que la raison ne connoît point* (1). Mais nous préférons rendre la science responsable de notre incrédulité volontaire, et déguiser sous une force d'esprit apparente, cette foiblesse qui fait que l'homme a peine à jeter un regard sur la terre et au ciel en même temps.

---

(1) Il suffiroit d'opposer aux philosophes qui prétendent que l'intention de Pascal étoit de prouver géométriquement les vérités religieuses, le passage suivant : « L'esprit a son ordre, qui est par « principes et démonstrations ; le cœur en a un « autre. On ne prouve pas qu'on doit être aimé, en « exposant d'ordre les causes de l'amour : cela se- « roit ridicule. »

« Jésus-Christ et saint Paul ont bien plus suivi cet « ordre du cœur, qui est celui de la charité, que « celui de l'esprit. »

C'est un autre homme tout entier qu'il nous faut présentement admirer dans Pascal. Ne comptez pour rien, si vous le voulez, tant de découvertes qu'il a pu faire, ni la force ni la rapidité de son éloquence, ni la profondeur même de sa pensée; et il se montrera assez grand encore pour vous étonner. Voici ce que peut la religion chrétienne : élever et agrandir l'homme, alors même qu'il sembloit ne pouvoir aller au-delà. Dites, quelles vertus louerons-nous dans les philosophes, qu'il n'ait pour ainsi ennoblies? Et parmi les chrétiens de la primitive Eglise, c'est-à-dire parmi les saints eux-mêmes, qui lui sera comparable? Oh, qu'il connut bien la vraie grandeur de l'esprit celui-là qui méprisoit de si bonne foi tous les honneurs que l'on rend au corps, qui vécut dans cette pauvreté volontaire, si sublime qu'elle efface en partie l'horreur même du cynisme (1) ! S'il portoit un cilice armé de pointes de fer, ne pensez pas qu'il en eût besoin pour vaincre la volupté, son esprit seul avoit su en triompher; mais il vouloit troubler jusqu'au plaisir que nous goûtons dans une conversation vive et enjouée : il expioit sur-le-champ ses succès et la supériorité de

---

(1) Les hommes, dans tous les temps, ont formé deux grandes sectes représentées par le Cynisme, qui est l'exercice du corps en vue de l'esprit, et par l'Epicurisme, qui est l'exercice de l'esprit en vue du corps. Le cynisme chrétien, que nos saints ont souvent porté jusqu'à la mendicité volontaire, se trouve joint à toute l'austérité des mœurs dans le jansénisme, de même que l'épicurisme, à la vérité modifié, mais employant toujours l'esprit au service du corps, se retrouve dans la doctrine des Jésuites, de ces hommes qui avoient pour principe de plier l'esprit au corps, non le corps à l'esprit.

son génie. Lui seul a mis sur la même ligne les superfluités et toute espece de plaisir; mais c'est qu'il tiroit sa joie du céleste amour dont il étoit embrasé, du soin particulier qu'il prenoit des pauvres et de sa propre pauvreté. Vous l'eussiez vu au pied des autels s'approcher de son divin maître dans toute la simplicité de son cœur, pareil à ces petits enfants que Jésus-Christ défendoit à ses disciples de repousser, parcequ'il vouloit les bénir.

Mais Pascal ne se bornoit ni aux vertus d'une vie contemplative, ni à ces exercices de piété qui ne sont en quelque sorte que la nourriture de l'ame; il connoissoit une charité beaucoup plus grande et plus sainte, celle qui veille au maintien de la foi. La religion étoit attaquée et par l'impiété qui la suit à travers les siecles comme l'ombre de sa gloire, et par des ennemis d'autant plus dangereux, qu'ils s'étoient formés dans son propre sein. Ce fut alors qu'il entreprit ces deux ouvrages, dont l'un, d'une nécessité plus pressante, fut terminé d'abord autant à la gloire de l'esprit humain, qu'au profit même de la doctrine; et dont l'autre, ébauche si célebre, n'attire toute notre admiration que pour rendre nos regrets plus vifs et plus douloureux encore. Durant les longues retraites qu'il faisoit parmi les solitaires de Port-Royal (1), il composa ses *Let-*

(1) Ces pieux solitaires habitoient une maison contiguë à l'abbaye de Port-Royal-des-Champs, où les avoit appelés la supérieure de ce monastere, Angélique Arnaud, sœur du fameux Arnaud d'Andilli et d'Antoine Arnaud, tante des deux le Maître de Saci, qui les premiers ayant quitté le monde pour cette solitude, y furent bientôt suivis d'hom-

tres à un Provincial; lettres fameuses, dont le moindre mérite est d'avoir fixé la langue françoise, quand on songe d'ailleurs qu'elles ont préparé la ruine de cette société puissante, qui s'étayoit également de la sainteté de la religion et des passions humaines, qui s'étoit emparée des hommes par leurs vices aussi bien que par leurs vertus; qui, pour tout dire enfin, avoit jeté un ancre au ciel et un autre dans les enfers. Pascal, effrayé du danger qui menaçoit à la fois

---

mes non moins remarquables par leur science et par leurs vertus, tels que Nicole, Hermant, etc. Outre leur gloire personnelle, ces solitaires de Port-Royal sont devenus illustres par leur intimité avec Pascal, et par les disciples qu'ils ont formés. On n'oubliera jamais que de cette école est sorti l'immortel Racine, digne de tels maîtres autant par ses vertus que par son beau génie.

la doctrine et les mœurs, dévoré du saint zèle de la maison de Dieu, vint au secours de ses pieux freres de Port-Royal. Il les couvrit de son éloquence, lança sur la ligue impie les traits du ridicule, et lui ouvrit une plaie profonde et mortelle; mettant à profit toutes les ressources de l'esprit humain, bonnes en elles-mêmes, et toujours légitimes quand on ne les emploie qu'au triomphe de la vérité. Et cependant, avant de descendre dans la tombe, il eut le chagrin de voir s'allumer cette cruelle persécution, dont sa sœur, sous-prieure à Port-Royal-des-Champs, fut une des premieres victimes. Si le reproche qu'on a fait aux Jansénistes touchant leurs opinions politiques pouvoit être fondé, combien Pascal se trouve au-dessus même du soupçon, lui qui avoit un respect si grand et si solide pour la majesté du trône, qu'il disoit que la puissance royale étoit non seulement l'image de la puissance de Dieu, mais qu'elle en étoit une participation même; en sorte qu'on ne pouvoit s'y opposer sans commettre un horrible sacrilége. Mais on le sait, celui qui flatte les rois n'a jamais d'ennemis qu'ils ne soient aussi les ennemis de l'autorité, des rebelles et des séditieux.

Cependant, parmi tant d'hommes illustres, généreux défenseurs de l'antique tradition, Pascal n'étoit pas moins distingué par son grand caractere que par la force et la beauté de son génie. Il joignoit à tout le reste cette inébranlable fermeté, sans laquelle les talents et les vertus même ne jettent qu'un foible éclat. Quelques signes de découragement qu'il avoit cru remarquer dans la conduite d'Arnaud, cette colonne de Port-Royal, lui firent prendre aussitôt la résolution de retourner à Paris pour y fixer désormais sa demeure; car il lui sembloit bien qu'il n'étoit permis qu'aux Jésuites de montrer de la condescendance dans les affaires du salut (1). C'est alors qu'il commença plus particulierement à s'occuper de son grand ouvrage sur la religion; il le méditoit sans cesse, et jetoit ses pensées, à mesure qu'elles lui venoient, sur ces petits morceaux de papier, rognures informes, qui sont devenus pour nous d'un si grand prix. Avec

---

(1) Pascal étoit si inflexible en matieres de doctrine, que lorsque les solitaires de Port-Royal voulurent, pour conjurer l'orage, se relâcher sur quelques points, il se brouilla avec eux, en leur disant: *Vous ne sauverez point Port-Royal, et vous trahissez la vérité.*

quelle vénération, mais aussi avec quel délice j'ai ouvert le livre où sont recueillis ces précieux lambeaux ! Quelquefois, ô mélange sublime des plus hautes conceptions ! on trouve à côté d'un triangle ou d'un cercle l'éloquent aveu de la misere de l'homme ; et ces belles et profondes réflexions sur la justice et la miséricorde divine, parmi des droites et des courbes. Là, tout ému encore de la présence du grand homme, saisissant, pour ainsi dire, sa pensée au moment de l'inspiration, j'ai admiré ce que l'esprit humain avoit produit de plus parfait. Cherchez au fond des tombeaux la poussiere des rois ; contemplez la sombre majesté de leurs monuments ; j'ai lu les pensées de Pascal écrites de sa main !

Nous retrouvons ici, mais plus forts et plus rapides, je dirois presque comme à leur source, ces traits si familiers à l'immortel Bossuet; c'est la même hardiesse d'éloquence, la même couleur antique, et partout cette mélancolie religieuse que soupire la muse sacrée. Voyez cependant s'il y a dans tout Bossuet quelque chose d'aussi sublime, et qui soit comparable à ceci (1). *Le dernier acte*

---

(1) Bossuet a dit avec le même accent mélancolique : « Le temps viendra où cet homme qui vous « sembloit si grand ne sera plus, où il sera comme « l'enfant qui est encore à naître, où il ne sera rien. « Si long-temps qu'on soit au monde, y seroit-on « mille ans, il en faut venir là. . . . . Je ne suis « venu que pour faire nombre, encore n'avoit-on « que faire de moi, et la comédie ne se seroit pas « moins bien jouée, quand je serois demeuré der- « riere le théâtre. »

Bossuet, dans ce morceau intitulé *Fragment sur la briéveté de la vie et le néant de l'homme*, comme dans beaucoup d'autres, n'a fait qu'étendre la pensée de Pascal, avec tout le talent dont il étoit à la vérité capable. Il dit un peu plus loin : « Je *est toujours sanglant, quelque belle que soit la comédie en tout le reste. On jette enfin de la terre sur la tête, et en voilà pour jamais.* J'ai bien moins admiré le célebre chapitre de Montesquieu, brillante idée du despotisme, depuis que je l'ai comparé à cette pensée de Pascal, si simple et si philosophique, sur un sujet à peu près semblable. *Ce chien est à moi, disoient ces pauvres enfants; c'est là ma place au soleil: voilà le commencement et l'image de l'usurpation de toute la terre.* Montesquieu a dit après : *Quand les sauvages de la Louisiane veulent avoir du fruit, ils coupent l'arbre au pied,*

« manquerai au temps, non pas le temps à moi» Pascal avoit dit : « Les choses extrêmes nous échap« pent, ou nous à elles. »

et cueillent le fruit. Voilà le gouvernement despotique. J'ai retrouvé encore dans les *Lettres persannes* une heureuse imitation des Provinciales, quoique inférieure à la vérité ; mais nulle part, soit parmi les philosophes, soit parmi les écrivains religieux, je n'ai vu la grandeur de Dieu, la grandeur et la misere de l'homme, aussi fortement exprimées que dans Pascal (1).

Je ne suis point étonné du peu d'estime qu'il a pour Montaigne. Les mêmes

---

(1) Personne, sans doute, ne pense qu'il y ait rien de comparable dans notre langue, ni dans aucune autre, à ce magnifique morceau de la *Connoissance générale de l'homme*, qui commence ainsi: *La premiere chose qui s'offre à l'homme, quand il se regarde, c'est son corps, c'est-à-dire une certaine portion de matiere qui lui est propre, etc.* On sait, au reste, tout ce que Pope a emprunté de ce grand homme.

principes qui l'armerent contre la doctrine des Jésuites, devoient nécessairement lui inspirer du dégoût pour ce philosophe. Jamais hommes ne contrasterent si bien ensemble ! Celui-ci a considéré l'homme par l'esprit ; celui-là l'avoit vu tout entier dans le corps ; l'un montre à l'homme son néant, pour l'élever jusqu'à Dieu ; l'autre rabaisse sa raison pour le mettre au rang de la bête, où il le laisse ensuite. Quelle idée Pascal pouvoit-il donc avoir d'un chrétien qui sommeille encore parmi les rêveries de ce Pyrrhon, le plus extravagant des philosophes (1); d'un chrétien qui re-

(1) Ses disciples ne pouvoient l'abandonner un seul instant, de peur que, dans le doute où il étoit des apparences mêmes, il ne se fît écraser sous les roues des chariots, ou ne tombât dans quelque pré-

cherche la vertu pour sa commodité et les vices pour son plaisir ; dont la philosophie, au moins neuve en ce point, qu'elle veut que l'homme ne soit étranger à aucune sorte d'infamie, eût fait rougir Diogene lui-même ?

Il est de certaines gens, qui, moins frappés de la force et de la justesse d'une pensée que de sa nouveauté, accusent Pascal d'avoir parlé avec irrévérence de la poésie, de s'être en quelque sorte moqué de ce qu'il ne connoissoit point. Hé quoi ! il étoit donc une science, un art que n'aura pas su apprécier cet homme si habile à juger de tout ! Il seroit assez étrange, en effet, que celui-là

---

cipice. Et voilà l'oracle de Montaigne, et de tant d'autres qui ne connoissent le pyrrhonisme que par lui !

dont les écrits passeront à jamais pour un modele de la plus haute poésie, eût méconnu tous ses charmes et le pouvoir qu'elle a sur les hommes. Mais qu'entendoit-il par ce nom, si ce n'est tant de fades compositions, où la mesure et l'arrangement des mots tiennent lieu de toute pensée? Ecoutez-le lui-même : *On a inventé de certains termes bizarres, siecle d'or, merveille de nos jours, fatal laurier, bel astre, etc.; et on appelle ce jargon beauté poétique.* Pascal bientôt après nous révele le grand secret de la poésie, aussi bien que la véritable éloquence. *Quand un discours naturel*, dit-il, *peint une passion ou un effet, on trouve dans soi-même la vérité de ce qu'on entend, qui y étoit sans qu'on le sût; et on se sent porté à aimer celui qui nous le fait sentir....*

Il faut qu'il y ait dans l'éloquence de l'agréable et du réel ; mais il faut que cet agréable soit réel.... Quand on voit le style naturel, on est tout étonné et ravi, etc. Et nous paroîtra-t-il ici plus sévere que Boileau lui-même ? ou plutôt sa pensée toute entiere n'est-elle pas dans ce vers célebre,

Rien n'est beau que le vrai ; le vrai seul est aimable ?

Comme lui Despréaux dans sa deuxième satire, n'a-t-il pas voué au ridicule ces mots insipides, *astres, merveilles, beautés sans pareilles, etc.* Pascal, vous le voyez, n'a pas été seulement la nourriture des philosophes et des orateurs les plus éloquents de son siecle, le plus grand de nos poëtes lui doit aussi quelque chose !

J'irai plus loin encore. Il se peut que

Pascal ait pensé de la poésie ce qu'il disoit d'un art qui a tant de rapports avec elle : *Quelle vanité que la peinture, qui attire l'admiration par la ressemblance des choses dont on n'admire pas les originaux!* Et cela même est une grande et belle pensée! Suffit-il donc à la poésie de nous présenter un corps heureusement proportionné, plein de graces et d'élégance, tel enfin que cet Apollon du Belvédere, dont toutes les formes sont si parfaites; mais qui, privé de l'esprit intérieur, source de la vie, n'est qu'une vaine imitation incapable de nous satisfaire! La poésie des Ecritures ne nous paroît aussi sublime, que parcequ'elle est, pour ainsi dire, comme l'enveloppe des hautes vérités qu'elles contiennent. C'est encore par la même raison que je préférerois le Télémaque à l'Iliade (1). Ainsi, non seulement il faut, comme l'a dit Pascal, que la poésie soit une heureuse imitation de la

(1) On ne trouve point dans Homere cette sagesse qui est comme l'objet et la fin du Télémaque; on y trouve bien moins encore ces vérités saintes qui lient tous les livres de l'Ancien Testament. Voyez la différence entre les guerriers d'Israël et ceux qu'Homere a chantés! Ceux-ci n'ont qu'une vaillance brutale, qui naît toute du sentiment de leur force. Ajax tremble devant Hector; Hector au seul nom d'Achille: David, chétif conducteur de troupeaux, avec un bâton et sa fronde, attaque fièrement le terrible Goliath, géant armé d'un long glaive et tout couvert d'airain. Je ne parle point du peu de grandeur d'ame que font paroître les héros de la Grece, et Agamemnon lui-même, le roi des rois, toujours prêt à fuir, et dans un désespoir continuel; lui qui, peu auparavant s'étoit montré si arrogant. Cela devoit être ainsi, puisque l'Iliade entiere, ce chef-d'œuvre de peinture, n'est soutenue par aucune grande pensée religieuse ou morale, qui, comme une ame vivante, peut seule imprimer à nos conceptions cette sublimité dont nous sommes capables.

nature, pour être en droit de nous plaire; mais encore que cette peinture cache un fond de vérités utiles aux hommes.

Mais pourquoi s'arrêter plus long-temps aux fleurs d'une poésie mensongere et d'une vaine éloquence? Cherchez-en d'autres maintenant; c'est sur la tombe de Pascal qu'il vous faudra bientôt en répandre! Vous l'admirez au milieu de sa course, et tout-à-coup il va se dérober à votre admiration; le ciel envieux l'arrache à la terre! Il s'incline comme le lis de la vallée par un soleil brûlant; il ne verra pas même la fin du jour. Oh, grand Dieu! par quel souffle rapide renverses-tu si promptement ta créature? La feuille ne tombe pas plus vîte de la cime des arbres! La terre est un vaste sépulcre, où descendent tour-à-tour les hommes, les peuples, les cités, où la nature elle-même un jour s'anéantira, lasse de recueillir les cendres du monde, et de ce mouvement perpétuel de tous les êtres qui courent de la vie au tombeau. Heureux, Dieu puissant, celui qui vit en toi de la vie éternelle du juste!

Un funeste accident, une frayeur soudaine, avoient corrompu dans Pascal les sources de la vie (1). Foible et souf-

---

(1) Voici l'événement tel qu'il est rapporté dans sa vie. « Un jour du mois d'octobre 1654, étant « allé se promener, suivant sa coutume, au pont de « Neuilli, dans un carrosse à quatre chevaux, les « deux premiers prirent le mors aux dents vis-à-vis « un endroit où il n'y avoit point de garde-fou, et « se précipiterent dans la Seine. Heureusement la « premiere secousse de leur poids rompit les traits « qui les attachoient au train de derriere, et le car- « rosse demeura sur le bord du précipice. »

Pascal mourut le 19 août 1662, c'est-à-dire, environ huit ans après cet accident.

frant jusque-là, depuis sa santé dépérit de jour en jour. On dit même que, frappé du danger qu'il avoit couru, son imagination rouvroit incessamment à ses côtés l'abîme sur lequel il étoit un instant demeuré suspendu. Ceux qui ont peine à concevoir l'heureuse alliance du génie avec les saintes pratiques de la religion, attribuent au dérangement de ses organes la vie dévote et austere qu'il commença d'embrasser. Mais ignorent-ils donc que ce fut alors seulement que Pascal composa les Provinciales, découvrit la cycloïde, mit au jour ses pensées; et qu'enfin il ne parut jamais aussi grand que depuis que Dieu l'eut appelé à lui. Il entendit cette voix mystérieuse qui remplit de joie l'ame du juste, et trouble celle de l'impie; il y répondit par les soupirs d'un cœur plein de la grace divine, et quitta le monde pour s'attacher à l'éternité. J'ai vu aussi ce précieux papier qu'il portoit toujours avec lui caché dans ses vêtements, sur lequel il avoit marqué le jour de sa renonciation au monde, *renonciation totale et douce*, comme il l'appelle lui-même. Quelle ame put suffire à tant de pieux élans! quel touchant désordre! quelle ivresse! quelle ardeur! *Dieu d'Abraham, Dieu d'Isaac, Dieu de Jacob, non des philosophes et des savants; certitude, certitude, sentiments, vue, joie, paix.* C'est ainsi qu'il parle. *Jésus-Christ — Jésus-Christ — Jésus-Christ — joie, joie, pleurs de joie.* Ainsi la flamme embrase le bûcher, dévore l'hostie, s'élance plus rapide à l'instant du sacrifice, et monte jusqu'au trône du dieu des miséricordes!

Les philosophes supposent que l'extase où paroît être tombé Pascal fut l'effet d'une vision, et l'on sait ce qu'ils entendent par ce mot. C'est peut-être aussi la conclusion de cet endroit où il dit : *Depuis environ dix heures et demie du soir jusques environ minuit et demi.* Mais le désordre de sa pensée, tant de sentiments divers de repentir et d'amour, de crainte, de confiance, attestent bien plutôt la fin d'un pénible combat, et l'instant d'une entiere conversion. *Je m'en suis séparé. Je l'ai fui, renoncé.— Crucifié. — Que je n'en sois jamais séparé.* De même, saint Augustin rapporte qu'il s'éleva dans son cœur une violente tempête, qui fut suivie d'une grande pluie de larmes accompagnée de longs gémissements. « Seigneur, s'écrioit-il, jusques à « quand, jusques à quand serez-vous en

« colere contre moi ? » Qu'ils sont précieux, les monuments que nous ont conservés ces deux grands hommes, de la victoire qu'ils remporterent sur le monde! Etrange victoire! qui ne fit verser des larmes qu'aux vainqueurs, qui les remplit d'humilité, et leur montra le renoncement à soi-même comme le premier fruit de la conquête. Où trouve-t-on de pareils combats, des larmes si généreuses, des cœurs si tendres, des serviteurs si fideles, et tant de vertu et de génie tout ensemble, pour que le sacrifice en soit plus éclatant?

Cependant le mal faisoit de rapides progrès. Vainement cherchoit-on à se rassurer, à donner des espérances à celui qui étoit l'objet de toutes les craintes; il les repoussoit comme indignes de sa grande ame. Quelque long et cruel que soit le sacrifice, il ne s'imaginoit pas qu'un

Chrétien pût détourner sa vue des horreurs de la mort, semblable à un enfant timide que les jeux de son âge ont amené sur le bord d'un précipice, et qui recule plein d'effroi, n'osant pas même porter un regard en avant. Déjà sa main défaillante avoit peine à conduire cette plume tant redoutée des ennemis de la foi; et toutefois il ne cessoit de jeter des pensées d'une force et d'une profondeur toujours également incroyable: mais il donnoit au monde, en ce moment même, un grand et magnifique spectacle de la charité chrétienne dans tout son éclat. Quand ses infirmités ne lui permettent plus d'aller au dehors porter ses secours, d'aller consoler le malheureux qui s'est fait une douce habitude de ses visites, il lui ouvre sa propre maison, il l'appelle à ses côtés, sous le même toit. Je ne retournerai plus parmi vous, mes amis, leur dit-il; demeurez donc présentement avec moi: qu'il me soit encore permis d'adoucir la rigueur de votre sort, de sécher quelques unes de vos larmes! Il se plaît avec les pauvres; il pense que de toutes les aumônes, la meilleure, comme la plus méritoire, est celle que l'on fait soi-même avec amour, tel qu'un ministre ou un dispensateur des graces divines.

Qu'il lui parut cruel, ce jour, où, forcé d'abandonner la maison qu'habitoient avec lui le pauvre et l'infirme, on le transporta chez sa sœur (1)! Portez-

(1) Un enfant de ces pauvres que Pascal avoit recueilli chez lui, ayant été attaqué de la petite vérole, il sentit tout l'embarras où alloit être madame Perrier, sa sœur, qui ne pouvoit le venir voir sans s'exposer au danger de porter cette maladie à ses propres enfants. En conséquence, il aima mieux

moi, disoit-il, dans ces saintes retraites où va le misérable exhaler son dernier soupir : que la même main qui fermera ses yeux, ferme aussi les miens! Que je souffre parmi les pauvres, que je meure au milieu d'eux! Voilà les dernieres prieres qu'il adressa au monde, supportant toutes choses patiemment, hors cette séparation du pauvre, si affligeante et si pénible pour lui.

Loin de moi l'idée d'avoir rempli ma tâche et dignement loué cet homme extraordinaire, de mœurs si pures et si saintes, dont la vie entiere a été consacrée à l'instruction des hommes; qui,

---

quitter lui-même sa maison, que d'obliger le pauvre à en sortir; disant, ainsi que le rapporte madame Perrier : *Il y a moins de danger pour moi dans ce changement de demeure; c'est pourquoi il faut que ce soit moi qui quitte.*

dès l'âge le plus tendre, se fit remarquer par une haute sagesse; qui, pour la seconde fois, chassa les marchands du temple, ruina la secte des Pharisiens, vécut parmi les pauvres, loin des grandeurs où l'appeloit sa naissance, et mourut enfin, après une longue et douloureuse agonie, à la fleur de l'âge, si semblable en tout à ce divin maître, que nous devons tous nous proposer pour modele. Je m'étois promis de n'entreprendre en ma vie aucun éloge, de peur qu'il ne me fallût trop souvent taire la vérité, et que malgré moi la flatterie n'échappât encore par quelque endroit; et voilà maintenant que je me trouve au-dessous de mon sujet! Il est vrai, je ne me figurois point alors un homme si éminent en doctrine et en vertu, mettant autant de soin à cacher le bien qu'il faisoit, qu'un autre en met à dissimuler ses vices; un homme, enfin, si accompli de tout point, qu'on ne peut dire qui nous saisit le plus d'admiration, ou de son vaste génie ou de sa vie philosophique et chrétienne.

FIN.

www.ingramcontent.com/pod-product-compliance
Ingram Content Group UK Ltd.
Pitfield, Milton Keynes, MK11 3LW, UK
UKHW021025200726
13857UKWH00004B/1591